# L'ORDRE DU DISCOURS

MICHEL FOUCAULT

# L'ordre du discours

*Leçon inaugurale*
*au Collège de France*
*prononcée*
*le 2 décembre 1970*

GALLIMARD

*Pour des raisons d'horaire, certains pas-*
*sages avaient été écourtés et modifiés dans la*
*lecture. Ils ont été ici rétablis.*

Dans le discours qu'aujourd'hui je dois tenir, et dans ceux qu'il me faudra tenir ici, pendant des années peut-être, j'aurais voulu pouvoir me glisser subrepticement. Plutôt que de prendre la parole, j'aurais voulu être enveloppé par elle, et porté bien au-delà de tout commencement possible. J'aurais aimé m'apercevoir qu'au moment de parler une voix sans nom me précédait depuis longtemps : il m'aurait suffi alors d'enchaîner, de poursuivre la phrase, de me loger, sans qu'on y prenne bien garde, dans ses interstices, comme si elle m'avait fait signe en se tenant, un instant, en suspens. De commencement, il n'y en aurait donc pas; et au lieu d'être celui dont vient le discours, je serais plutôt au hasard de son déroulement, une mince lacune, le point de sa disparition possible.

J'aurais aimé qu'il y ait derrière moi (ayant pris depuis bien longtemps la parole, doublant à l'avance tout ce que je vais dire) une voix qui parlerait ainsi : « Il faut continuer, je ne peux pas continuer, il faut continuer, il faut dire des mots tant qu'il y en a, il faut les dire jusqu'à ce qu'ils me trouvent, jusqu'à ce qu'ils me disent — étrange peine, étrange faute, il faut continuer, c'est peut-être déjà fait, ils m'ont peut-être déjà dit, ils m'ont peut-être porté jusqu'au seuil de mon histoire, devant la porte qui s'ouvre sur mon histoire, ça m'étonnerait si elle s'ouvre. »

Il y a chez beaucoup, je pense, un pareil désir de n'avoir pas à commencer, un pareil désir de se retrouver, d'entrée de jeu, de l'autre côté du discours, sans avoir eu à considérer de l'extérieur ce qu'il pouvait avoir de singulier, de redoutable, de maléfique peut-être. A ce vœu si commun, l'institution répond sur le mode ironique, puisqu'elle rend les commencements solennels, puisqu'elle les entoure d'un cercle d'attention et de silence, et qu'elle leur impose, comme pour les signaler de plus loin, des formes ritualisées.

Le désir dit : « Je ne voudrais pas avoir à entrer moi-même dans cet ordre hasardeux du discours; je ne voudrais pas avoir affaire à lui dans ce qu'il a de tranchant et de décisif; je voudrais qu'il soit tout autour de moi comme une transparence calme, profonde, indéfiniment ouverte, où les autres répondraient à mon attente, et d'où les vérités, une à une, se lèveraient; je n'aurais qu'à me laisser porter, en lui et par lui, comme une épave heureuse. » Et l'institution répond : « Tu n'as pas à craindre de commencer; nous sommes tous là pour te montrer que le discours est dans l'ordre des lois; qu'on veille depuis longtemps sur son apparition; qu'une place lui a été faite, qui l'honore mais le désarme; et que, s'il lui arrive d'avoir quelque pouvoir, c'est bien de nous, et de nous seulement, qu'il le tient. »

Mais peut-être cette institution et ce désir ne sont-ils pas autre chose que deux répliques opposées à une même inquiétude : inquiétude à l'égard de ce qu'est le discours dans sa réalité matérielle de chose prononcée ou écrite; inquiétude à l'égard de cette existence transitoire vouée à s'effacer sans doute, mais selon une durée qui ne nous appartient pas; inquiétude à sentir sous cette activité, pourtant quotidienne et grise, des pouvoirs et des dangers qu'on imagine mal; inquiétude à soupçonner des luttes, des victoires, des blessures, des dominations, des servitudes, à travers tant de mots dont l'usage depuis si longtemps a réduit les aspérités.

Mais qu'y a-t-il donc de si périlleux dans le fait que les gens parlent, et que leurs discours indéfiniment prolifèrent? Où donc est le danger?

*

Voici l'hypothèse que je voudrais avancer, ce soir, pour fixer le lieu — ou peut-être le très provisoire théâtre — du travail que je fais : je suppose que dans toute société la production du discours est à la fois contrôlée, sélectionnée, organisée et redistribuée par un certain nombre de procédures qui ont pour rôle d'en conjurer les pouvoirs et les dangers, d'en maîtriser l'événement aléatoire, d'en esquiver la lourde, la redoutable matérialité.

Dans une société comme la nôtre, on connaît, bien sûr, les procédures d'*exclusion*. La plus évidente, la plus familière aussi, c'est l'*interdit*. On sait bien qu'on n'a pas le droit de tout dire, qu'on ne peut pas parler de tout dans n'importe quelle circonstance, que n'importe qui, enfin, ne peut pas parler de n'importe quoi. Tabou de l'objet, rituel de la circonstance, droit privilégié ou exclusif du sujet qui parle : on a là le jeu de trois types d'interdits qui se croisent, se renforcent ou se compensent, formant une grille complexe qui ne cesse de se modifier. Je noterai seulement que, de nos jours, les régions où la grille est la plus resserrée, où les cases noires se multiplient, ce sont les régions de la sexualité et celles de la politique : comme si le discours, loin d'être cet élément transparent ou neutre dans lequel la sexualité se désarme et la politique se pacifie, était un des lieux où elles exercent, de manière pri-

vilégiée, quelques-unes de leurs plus redoutables puissances. Le discours, en
apparence, a beau être bien peu de chose,
les interdits qui le frappent révèlent très
tôt, très vite, son lien avec le désir et
avec le pouvoir. Et à cela quoi d'éton-
nant : puisque le discours — la psychanalyse nous l'a montré —, ce n'est pas
simplement ce qui manifeste (ou cache)
le désir; c'est aussi ce qui est l'objet du
désir; et puisque — cela, l'histoire ne
cesse de nous l'enseigner — le discours
n'est pas simplement ce qui traduit les
luttes ou les systèmes de domination,
mais ce pour quoi, ce par quoi on lutte,
le pouvoir dont on cherche à s'emparer.

Il existe dans notre société un autre
principe d'exclusion : non plus un interdit, mais un partage et un rejet. Je pense
à l'opposition raison et folie. Depuis le
fond du Moyen Age le fou est celui dont
le discours ne peut pas circuler comme
celui des autres : il arrive que sa parole
soit tenue pour nulle et non avenue,
n'ayant ni vérité ni importance, ne pouvant pas faire foi en justice, ne pouvant

pas authentifier un acte ou un contrat, ne pouvant pas même, dans le sacrifice de la messe, permettre la transsubstantiation et faire du pain un corps; il arrive aussi en revanche qu'on lui prête, par opposition à toute autre, d'étranges pouvoirs, celui de dire une vérité cachée, celui de prononcer l'avenir, celui de voir en toute naïveté ce que la sagesse des autres ne peut pas percevoir. Il est curieux de constater que pendant des siècles en Europe la parole du fou ou bien n'était pas entendue, ou bien, si elle l'était, était écoutée comme une parole de vérité. Ou bien elle tombait dans le néant — rejetée aussitôt que proférée; ou bien on y déchiffrait une raison naïve ou rusée, une raison plus raisonnable que celle des gens raisonnables. De toute façon, exclue ou secrètement investie par la raison, au sens strict, elle n'existait pas. C'était à travers ses paroles qu'on reconnaissait la folie du fou; elles étaient bien le lieu où s'exerçait le partage; mais elles n'étaient jamais recueillies ni écoutées. Jamais, avant la fin du xviiie siècle, un médecin n'avait eu l'idée de savoir ce qui était dit (comment c'était dit, pourquoi c'était dit) dans cette parole qui pourtant faisait la différence. Tout cet immense discours du fou retournait au bruit; et on ne lui donnait la parole que symboliquement, sur le théâtre où il s'avançait, désarmé et réconcilié, puisqu'il y jouait le rôle de la vérité au masque.

On me dira que tout ceci est fini aujourd'hui ou en train de s'achever; que la parole du fou n'est plus de l'autre côté du partage; qu'elle n'est plus nulle et non avenue; qu'elle nous met aux aguets au contraire; que nous y cherchons un sens, ou l'esquisse ou les ruines d'une œuvre; et que nous sommes parvenus à la surprendre, cette parole du fou, dans ce que nous articulons nous-mêmes, dans cet accroc minuscule par où ce que nous disons nous échappe. Mais tant d'attention ne prouve pas que le vieux partage ne joue plus; il suffit de songer à toute l'armature de savoir à travers laquelle nous déchiffrons cette parole; il suffit de songer à tout le réseau d'institutions qui permet à quelqu'un — médecin, psychanalyste — d'écouter cette parole et qui permet en même temps au patient de venir apporter, ou désespérément retenir, ses pauvres mots; il suffit de songer à tout cela pour soupçonner que le partage, loin d'être effacé, joue autrement, selon des lignes différentes, à travers des institutions nouvelles et avec des effets qui ne sont point les mêmes. Et quand bien même le rôle du médecin ne serait que de prêter l'oreille à une parole enfin libre, c'est toujours dans le maintien de la césure que s'exerce l'écoute. Écoute d'un discours qui est investi par le désir, et qui se croit — pour sa plus grande exaltation ou sa plus grande angoisse — chargé de terribles pouvoirs. S'il faut bien le silence de la raison pour guérir les monstres, il suffit que le silence soit en alerte, et voilà que le partage demeure.

Il est peut-être hasardeux de considérer l'opposition du vrai et du faux comme un troisième système d'exclusion, à côté de ceux dont je viens de parler. Comment pourrait-on raisonnablement comparer la contrainte de la vérité avec des partages comme ceux-là, des partages qui sont arbitraires au départ ou qui du moins s'organisent autour de contingences historiques; qui sont non seulement modifiables mais en perpétuel déplacement; qui sont supportés par tout un système d'institutions qui les imposent et les reconduisent; qui ne s'exercent pas enfin sans contrainte, ni une part au moins de violence.

Certes, si on se place au niveau d'une proposition, à l'intérieur d'un discours, le partage entre le vrai et le faux n'est ni arbitraire, ni modifiable, ni institutionnel, ni violent. Mais si on se place à une autre échelle, si on pose la question de savoir quelle a été, quelle est constamment, à travers nos discours, cette volonté de vérité qui a traversé tant de siècles de notre histoire, ou quel est, dans sa forme très générale, le type de partage qui régit notre volonté de savoir, alors c'est peut-être quelque chose comme un système d'exclusion (système historique, modifiable, institutionnellement contraignant) qu'on voit se dessiner.

Partage historiquement constitué à coup sûr. Car, chez les poètes grecs du

VIe siècle encore, le discours vrai — au sens fort et valorisé du mot — le discours vrai pour lequel on avait respect et terreur, celui auquel il fallait bien se soumettre, parce qu'il régnait, c'était le discours prononcé par qui de droit et selon le rituel requis; c'était le discours qui disait la justice et attribuait à chacun sa part; c'était le discours qui, prophétisant l'avenir, non seulement annonçait ce qui allait se passer, mais contribuait à sa réalisation, emportait avec soi l'adhésion des hommes et se tramait ainsi avec le destin. Or voilà qu'un siècle plus tard la vérité la plus haute ne résidait plus déjà dans ce qu'*était* le discours ou dans ce qu'il *faisait*, elle résidait en ce qu'il *disait* : un jour est venu où la vérité s'est déplacée de l'acte ritualisé, efficace, et juste, d'énonciation, vers l'énoncé lui-même : vers son sens, sa forme, son objet, son rapport à sa référence. Entre Hésiode et Platon un certain partage s'est établi, séparant le discours vrai et le discours faux; partage nouveau puisque désormais le discours vrai n'est plus le discours précieux et désirable, puisque ce n'est plus le discours lié à l'exercice du pouvoir. Le sophiste est chassé.

Ce partage historique a sans doute donné sa forme générale à notre volonté de savoir. Mais il n'a pas cessé pourtant de se déplacer : les grandes mutations scientifiques peuvent peut-être se lire parfois comme les conséquences d'une découverte, mais elles peuvent se lire aussi comme l'apparition de formes nouvelles dans la volonté de vérité. Il y a sans doute une volonté de vérité au XIX$^e$ siècle qui ne coïncide ni par les formes qu'elle met en jeu, ni par les domaines d'objets auxquels elle s'adresse, ni par les techniques sur lesquelles elle s'appuie, avec la volonté de savoir qui caractérise la culture classique. Remontons un peu : au tournant du XVI$^e$ et du XVII$^e$ siècle (et en Angleterre surtout) est apparue une volonté de savoir qui, anticipant sur ses contenus actuels, dessinait des plans d'objets possibles, observables, mesurables, classables; une volonté de savoir qui imposait au sujet connaissant (et en quelque sorte avant toute expérience) une certaine position, un certain regard et une certaine fonction (voir plutôt que lire, vérifier plutôt que commenter); une volonté de savoir que prescrivait (et sur un mode plus général que tout instrument déterminé) le niveau technique où les connaissances devraient s'investir pour être vérifiables et utiles. Tout se passe comme si, à partir du grand partage platonicien, la volonté de vérité avait sa propre histoire, qui n'est pas celle des vérités contraignantes : histoire des plans d'objets à connaître, histoire des fonctions et positions du sujet connaissant, histoire des investissements matériels, techniques, instrumentaux de la connaissance.

Or cette volonté de vérité, comme les autres systèmes d'exclusion, s'appuie sur un support institutionnel : elle est à la fois renforcée et reconduite par toute une épaisseur de pratiques comme la pédagogie, bien sûr, comme le système des livres, de l'édition, des bibliothèques, comme les sociétés savantes autrefois, les laboratoires aujourd'hui. Mais elle est reconduite aussi, plus profondément sans doute par la manière dont le savoir est mis en œuvre dans une société, dont il est valorisé, distribué, réparti et en quelque sorte attribué. Rappelons ici, et à titre symbolique seulement, le vieux principe grec : que l'arithmétique peut bien être l'affaire des cités démocratiques, car elle enseigne les rapports d'égalité, mais que la géométrie seule doit être enseignée dans les oligarchies puisqu'elle démontre les proportions dans l'inégalité.

Enfin je crois que cette volonté de vérité ainsi appuyée sur un support et une distribution institutionnelle, tend à exercer sur les autres discours — je parle toujours de notre société — une sorte de pression et comme un pouvoir de contrainte. Je pense à la manière dont la littérature occidentale a dû chercher appui depuis des siècles sur le naturel, le vraisemblable, sur la sincérité, sur la science aussi — bref sur le discours vrai. Je pense également à la manière dont les pratiques économiques, codifiées comme préceptes ou recettes, éventuellement comme morale, ont depuis le XVIe siècle cherché à se fonder, à se rationaliser et à se justifier sur une théorie des richesses et de la production; je pense encore à la manière dont un ensemble aussi prescriptif que le système pénal a cherché ses assises ou sa justification, d'abord, bien sûr, dans une théorie du droit, puis à partir du XIXe siècle dans un savoir sociologique, psychologique, médical, psychiatrique : comme si la parole même de la loi ne pouvait plus être autorisée, dans notre société, que par un discours de vérité.

Des trois grands systèmes d'exclusion qui frappent le discours, la parole interdite, le partage de la folie et la volonté de vérité, c'est du troisième que j'ai parlé le plus longuement. C'est que vers lui, depuis des siècles, n'ont pas cessé de dériver les premiers; c'est que de plus en plus il essaie de les reprendre à son compte, pour à la fois les modifier et les fonder, c'est que si les deux premiers ne cessent de devenir plus fragiles, plus incertains dans la mesure où les voilà traversés maintenant par la volonté de vérité, celle-ci en revanche ne cesse de se renforcer, de devenir plus profonde et plus incontournable.

Et pourtant, c'est d'elle sans doute qu'on parle le moins. Comme si pour nous la volonté de vérité et ses péripéties étaient masquées par la vérité elle-même dans son déroulement nécessaire. Et la raison en est peut-être celle-ci : c'est que si le discours vrai n'est plus, en effet, depuis les Grecs, celui qui répond au désir ou celui qui exerce le pouvoir, dans la volonté de vérité, dans la volonté de le dire, ce discours vrai, qu'est-ce donc qui est en jeu, sinon le désir et le pouvoir? Le discours vrai, que la nécessité de sa forme affranchit du désir et libère du pouvoir, ne peut pas reconnaître la volonté de vérité qui le traverse; et la volonté de vérité, celle qui s'est imposée à nous depuis bien longtemps, est telle que la vérité qu'elle veut ne peut pas ne pas la masquer.

Ainsi n'apparaît à nos yeux qu'une vérité qui serait richesse, fécondité, force douce et insidieusement universelle. Et nous ignorons en revanche la volonté de vérité, comme prodigieuse machinerie destinée à exclure. Tous ceux qui, de point en point dans notre histoire, ont essayé de contourner cette volonté de vérité et de la remettre en question contre la vérité, là justement où la vérité entreprend de justifier l'interdit et de définir la folie, tous ceux-là, de Nietzsche, à Artaud et à Bataille, doivent maintenant nous servir de signes, hautains sans doute, pour le travail de tous les jours.

*

Il existe évidemment bien d'autres procédures de contrôle et de délimitation du discours. Celles dont j'ai parlé jusqu'à maintenant s'exercent en quelque sorte de l'extérieur; elles fonctionnent comme des systèmes d'exclusion; elles concernent sans doute la part du discours qui met en jeu le pouvoir et le désir.

On peut, je crois, en isoler un autre groupe. Procédures internes, puisque ce sont les discours eux-mêmes qui exercent leur propre contrôle; procédures qui jouent plutôt à titre de principes de classification, d'ordonnancement, de distribution, comme s'il s'agissait cette fois de maîtriser une autre dimension du discours : celle de l'événement et du hasard.

Au premier rang, le commentaire. Je suppose, mais sans en être très sûr, qu'il n'y a guère de société où n'existent des récits majeurs qu'on raconte, qu'on répète et qu'on fait varier; des formules, des textes, des ensembles ritualisés de discours qu'on récite, selon des circonstances bien déterminées; des choses dites une fois et que l'on conserve, parce qu'on y soupçonne quelque chose comme un secret ou une richesse. Bref, on peut soupçonner qu'il y a, très régulièrement dans les sociétés, une sorte de dénivellation entre les discours : les discours qui « se disent » au fil des jours et des échanges, et qui passent avec l'acte même qui les a prononcés; et les discours qui sont à l'origine d'un certain nombre d'actes nouveaux de paroles qui les reprennent, les transforment ou parlent d'eux, bref, les discours qui, indéfiniment, par-delà leur formulation, *sont dits*, restent dits, et sont encore à dire. Nous les connaissons dans notre système de culture : ce sont les textes religieux ou juridiques, ce sont aussi ces textes curieux, quand on envisage leur statut, et qu'on appelle « littéraires »; dans une certaine mesure des textes scientifiques.

Il est certain que ce décalage n'est ni stable, ni constant, ni absolu. Il n'y a pas, d'un côté, la catégorie donnée une fois pour toutes, des discours fondamentaux ou créateurs; et puis, de l'autre, la masse de ceux qui répètent, glosent et commentent. Bien des textes majeurs se brouillent et disparaissent, et des commentaires parfois viennent prendre la place première. Mais ses points d'application ont beau changer, la fonction demeure; et le principe d'un décalage se trouve sans cesse remis en jeu. L'effacement radical de cette dénivellation ne peut jamais être que jeu, utopie ou angoisse. Jeu à la Borges d'un commentaire qui ne sera pas autre chose que la réapparition mot à mot (mais cette fois solennelle et attendue) de ce qu'il commente; jeu encore d'une critique qui parlerait à l'infini d'une œuvre qui n'existe pas. Rêve lyrique d'un discours qui renaît en chacun de ses points absolument nouveau et innocent, et qui reparaît sans cesse, en toute fraîcheur, à partir des choses, des sentiments ou des pensées. Angoisse de ce malade de Janet pour qui le moindre énoncé était comme « parole d'Évangile », recélant d'inépuisables trésors de sens et méritant d'être indéfiniment relancé, recommencé, commenté : « Quand je songe, disait-il dès qu'il lisait ou écoutait, quand je songe à cette phrase qui va encore s'en aller dans l'éternité et que je n'ai peut-être pas encore tout à fait comprise. »

Mais qui ne voit qu'il s'agit là chaque fois d'annuler un des termes de la relation, et non point de supprimer le rapport lui-même? Rapport qui ne cesse de se modifier à travers le temps; rapport qui prend à une époque donnée des formes multiples et divergentes; l'exégèse juridique est fort différente (et ceci depuis bien longtemps) du commentaire religieux; une seule et même œuvre littéraire peut donner lieu, simultanément, à des types de discours très distincts : l'*Odyssée* comme texte premier est répétée, à la même époque, dans la traduction de Bérard, dans d'indéfinies explications de textes, dans l'*Ulysse* de Joyce.

Pour l'instant je voudrais me borner à indiquer que, dans ce qu'on appelle globalement un commentaire, le décalage entre texte premier et texte second joue deux rôles qui sont solidaires. D'une part, il permet de construire (et indéfiniment) des discours nouveaux : le surplomb du texte premier, sa permanence, son statut de discours toujours réactualisable, le sens multiple ou caché dont il passe pour être détenteur, la réticence et la richesse essentielles qu'on lui prête, tout cela fonde une possibilité ouverte de parler. Mais, d'autre part, le commentaire n'a pour rôle, quelles que soient les techniques mises en œuvre, que de dire *enfin* ce qui était articulé silencieusement *là-bas*. Il doit, selon un paradoxe qu'il déplace toujours mais auquel il n'échappe jamais, dire pour la première fois ce qui cependant avait été déjà dit et répéter inlassablement ce qui pourtant n'avait jamais été dit. Le moutonnement indéfini des commentaires est travaillé de l'intérieur par le rêve d'une répétition masquée : à son horizon, il n'y a peut-être rien d'autre que ce qui était à son point de départ, la simple récitation. Le commentaire conjure le hasard du discours en lui faisant la part : il permet bien de dire autre chose que le texte même, mais à condition que ce soit ce texte même qui soit dit et en quelque sorte accompli. La multiplicité ouverte, l'aléa sont transférés, par le principe du commentaire, de ce qui risquerait d'être dit, sur le nombre, la forme, le masque, la circonstance de la répétition. Le nouveau n'est pas dans ce qui est dit, mais dans l'événement de son retour.

Je crois qu'il existe un autre principe de raréfaction d'un discours. Il est jusqu'à un certain point le complémentaire du premier. Il s'agit de l'auteur. L'auteur, non pas entendu, bien sûr, comme l'individu parlant qui a prononcé ou écrit un texte, mais l'auteur comme principe de groupement du discours, comme unité et origine de leurs significations, comme foyer de leur cohérence. Ce principe ne joue pas partout ni de façon constante : il existe, tout autour de nous, bien des discours qui circulent, sans détenir leur sens ou leur efficacité d'un auteur auquel on les attribuerait : propos quotidiens, aussitôt effacés; décrets ou contrats qui ont besoin de signataires, mais pas d'auteur, recettes techniques qui se transmettent dans l'anonymat. Mais dans les domaines où l'attribution à un auteur est de règle

— littérature, philosophie, science — on voit bien qu'elle ne joue pas toujours le même rôle; dans l'ordre du discours scientifique, l'attribution à un auteur était, au Moyen Age, indispensable, car c'était un index de vérité. Une proposition était considérée comme détenant de son auteur même sa valeur scientifique. Depuis le xvii$^e$ siècle, cette fonction n'a cessé de s'effacer, dans le discours scientifique : il ne fonctionne plus guère que pour donner un nom à un théorème, à un effet, à un exemple, à un syndrome. En revanche, dans l'ordre du discours littéraire, et à partir de la même époque, la fonction de l'auteur n'a pas cessé de se renforcer : tous ces récits, tous ces poèmes, tous ces drames ou comédies qu'on laissait circuler au Moyen Age dans un anonymat au moins relatif, voilà que, maintenant, on leur demande (et on exige d'eux qu'ils disent) d'où ils viennent, qui les a écrits; on demande que l'auteur rende compte de l'unité du texte qu'on met sous son nom; on lui demande de révéler, ou du moins de porter par-devers lui, le sens caché qui les traverse; on lui demande de les articuler, sur sa vie personnelle et sur ses expériences vécues, sur l'histoire réelle qui les a vus naître. L'auteur est ce qui donne à l'inquiétant langage de la fiction, ses unités, ses nœuds de cohérence, son insertion dans le réel.

Je sais bien qu'on va me dire : « Mais vous parlez là de l'auteur, tel que la critique le réinvente après coup, lorsque la mort est venue et qu'il ne reste plus qu'une masse enchevêtrée de grimoires; il faut bien alors remettre un peu d'ordre dans tout cela; imaginer un projet, une cohérence, une thématique qu'on demande à la conscience ou la vie d'un auteur, en effet peut-être un peu fictif. Mais cela n'empêche pas qu'il a bien existé, cet auteur réel, cet homme qui fait irruption au milieu de tous les mots usés, portant en eux son génie ou son désordre. »

Il serait absurde, bien sûr, de nier l'existence de l'individu écrivant et inventant. Mais je pense que — depuis une certaine époque au moins — l'individu qui se met à écrire un texte à l'horizon duquel rôde une œuvre possible reprend à son compte la fonction de l'auteur : ce qu'il écrit et ce qu'il n'écrit pas, ce qu'il dessine, même à titre de brouillon provisoire, comme esquisse de l'œuvre, et ce qu'il laisse va tomber comme propos quotidiens, tout ce jeu de différences est prescrit par la fonction auteur, telle qu'il la reçoit de son époque, ou telle qu'à son tour il la modifie. Car il peut bien bouleverser l'image traditionnelle qu'on se fait de l'auteur; c'est à partir d'une nouvelle position de l'auteur qu'il découpera, dans tout ce qu'il aurait pu dire, dans tout ce qu'il dit tous les jours, à tout instant, le profil encore tremblant de son œuvre.

Le commentaire limitait le hasard du discours par le jeu d'une *identité* qui aurait la forme de la *répétition* et du *même*. Le principe de l'auteur limite ce même hasard par le jeu d'une *identité* qui a la forme de l'*individualité* et du *moi*.

Il faudrait aussi reconnaître dans ce qu'on appelle non pas les sciences, mais les « disciplines », un autre principe de limitation. Principe lui aussi relatif et mobile. Principe qui permet de construire, mais selon un jeu étroit.

L'organisation des disciplines s'oppose

aussi bien au principe du commentaire qu'à celui de l'auteur. A celui de l'auteur puisqu'une discipline se définit par un domaine d'objets, un ensemble de méthodes, un corpus de propositions considérées comme vraies, un jeu de règles et de définitions, de techniques et d'instruments : tout ceci constitue une sorte de système anonyme à la disposition de qui veut ou qui peut s'en servir, sans que son sens ou sa validité soient liés à celui qui s'est trouvé en être l'inventeur. Mais le principe de la discipline s'oppose aussi à celui du commentaire : dans une discipline, à la différence du commentaire, ce qui est supposé au départ, ce n'est pas un sens qui doit être redécouvert, ni une identité qui doit être répétée; c'est ce qui est requis pour la construction de nouveaux énoncés. Pour qu'il y ait discipline, il faut donc qu'il y ait possibilité de formuler, et de formuler indéfiniment, des propositions nouvelles.

Mais il y a plus; et il y a plus, sans doute, pour qu'il y ait moins : une discipline, ce n'est pas la somme de tout ce qui peut être dit de vrai à propos de quelque chose; ce n'est même pas l'ensemble de tout ce qui peut être, à propos d'une même donnée, accepté en vertu d'un principe de cohérence ou de systématicité. La médecine n'est pas constituée du total de ce qu'on peut dire de vrai sur la maladie; la botanique ne peut être définie par la somme de toutes les vérités qui concernent les plantes. Il y a à cela deux raisons : d'abord la botanique ou la médecine, comme toute autre discipline, sont faites d'erreurs comme de vérités, erreurs qui ne sont pas des résidus ou des corps étrangers, mais qui ont des fonctions positives, une efficace historique, un rôle souvent indissociable de celui des vérités. Mais en outre pour qu'une proposition appartienne à la botanique ou à la pathologie, il faut qu'elle réponde à des conditions, en un sens plus strictes et plus complexes que la pure et simple vérité : en tout cas, à des conditions autres. Elle doit s'adresser à un plan d'objets déterminé : à partir de la fin du xvii$^e$ siècle, par exemple, pour qu'une proposition soit « botanique » il a fallu qu'elle concerne la structure visible de la plante, le système de ses ressemblances proches et lointaines ou la mécanique de ses fluides (et elle ne pouvait plus conserver, comme c'était encore le cas au XVI$^e$ siècle, ses valeurs symboliques, ou l'ensemble des vertus ou propriétés qu'on lui reconnaissait dans l'Antiquité). Mais, sans appartenir à une discipline, une proposition doit utiliser des instruments conceptuels ou techniques d'un type bien défini; à partir du XIX$^e$ siècle, une proposition n'était plus médicale, elle tombait « hors médecine » et prenait valeur de fantasme individuel ou d'imagerie populaire si elle mettait en jeu des notions à la fois métaphoriques, qualitatives et substantielles (comme celles d'engorgement, de liquides échauffés ou de solides desséchés); elle pouvait, elle devait faire appel en revanche à des notions tout aussi métaphoriques, mais bâties sur un autre modèle, fonctionnel et physiologique celui-là (c'était l'irritation, c'était l'inflammation ou la dégénérescence des tissus). Il y a plus encore : pour appartenir à une discipline, une proposition doit pouvoir s'ins-

crire sur un certain type d'horizon théorique : qu'il suffise de rappeler que la
recherche de la langue primitive, qui fut
un thème parfaitement reçu jusqu'au
xviiie siècle, suffisait, dans la seconde
moitié du xixe siècle, à faire choir n'importe quel discours je ne dis pas dans
l'erreur, mais dans la chimère, et la rêve-
rie, dans la pure et simple monstruosité
linguistique.

A l'intérieur de ses limites, chaque discipline reconnaît des propositions vraies
et fausses; mais elle repousse, de l'autre
côté de ses marges, toute une tératologie
du savoir. L'extérieur d'une science est
plus et moins peuplé qu'on ne croit : bien
sûr, il y a l'expérience immédiate, les
thèmes imaginaires qui portent et reconduisent sans cesse des croyances sans
mémoire; mais peut-être n'y a-t-il pas
d'erreurs au sens strict, car l'erreur ne
peut surgir et être décidée qu'à l'intérieur
d'une pratique définie; en revanche, des
monstres rôdent dont la forme change
avec l'histoire du savoir. Bref, une proposition doit remplir de complexes et lourdes
exigences pour pouvoir appartenir à l'en-

semble d'une discipline; avant de pouvoir être dite vraie ou fausse, elle doit être, comme dirait M. Canguilhem, « dans le vrai ».

On s'est souvent demandé comment les botanistes ou les biologistes du XIX$^e$ siècle avaient bien pu faire pour ne pas voir que ce que Mendel disait était vrai. Mais c'est que Mendel parlait d'objets, mettait en œuvre des méthodes, se plaçait sur un horizon théorique, qui étaient étrangers à la biologie de son époque. Sans doute Naudin, avant lui, avait-il posé la thèse que les traits héréditaires étaient discrets; cependant, aussi nouveau ou étrange que fût ce principe, il pouvait faire partie — au moins à titre d'énigme — du discours biologique. Mendel, lui, constitue le trait héréditaire comme objet biologique absolument nouveau, grâce à un filtrage qui n'avait jamais été utilisé jusque-là : il le détache de l'espèce, il le détache du sexe qui le transmet; et le domaine où il l'observe est la série indéfiniment ouverte des générations où il apparaît et disparaît selon des régularités statistiques. Nouvel objet qui appelle de nouveaux instruments conceptuels, et de nouveaux fondements théoriques. Mendel disait vrai, mais il n'était pas « dans le vrai » du discours biologique de son époque : ce n'était point selon de pareilles règles qu'on formait des objets et des concepts biologiques; il a fallu tout un changement d'échelle, le déploiement de tout un nouveau plan d'objets dans la biologie pour que Mendel entre dans le vrai et que ses propositions alors apparaissent (pour une bonne part) exactes. Mendel était un monstre vrai, ce qui faisait que la science ne pouvait pas en parler; cependant que Schleiden, par exemple, une trentaine d'années auparavant, niant en plein xixe siècle la sexualité végétale, mais selon les règles du discours biologique, ne formulait qu'une erreur disciplinée.

Il se peut toujours qu'on dise le vrai dans l'espace d'une extériorité sauvage; mais on n'est dans le vrai qu'en obéissant aux règles d'une « police » discursive qu'on doit réactiver en chacun de ses discours.

La discipline est un principe de contrôle de la production du discours. Elle lui fixe des limites par le jeu d'une identité qui a la forme d'une réactualisation permanente des règles.

On a l'habitude de voir dans la fécondité d'un auteur, dans la multiplicité des commentaires, dans le développement d'une discipline, comme autant de ressources infinies pour la création des discours. Peut-être, mais ce ne sont pas moins des principes de contrainte; et il est probable qu'on ne peut pas rendre compte de leur rôle positif et multiplicateur, si on ne prend pas en considération leur fonction restrictive et contraignante.

\*

Il existe, je crois, un troisième groupe de procédures qui permettent le contrôle des discours. Il ne s'agit point cette fois-ci de maîtriser les pouvoirs qu'ils emportent, ni de conjurer les hasards de leur apparition; il s'agit de déterminer les conditions de leur mise en jeu, d'imposer aux individus qui les tiennent un certain nombre de règles et ainsi de ne pas permettre à tout le monde d'avoir accès à eux. Raréfaction, cette fois, des sujets parlants; nul n'entrera dans l'ordre du discours s'il ne satisfait à certaines exigences ou s'il n'est, d'entrée de jeu, qualifié pour le faire. Plus précisément : toutes les régions du discours ne sont pas également ouvertes et pénétrables; certaines sont hautement défendues (différenciées et différenciantes) tandis que d'autres paraissent presque ouvertes à tous les vents et mises sans restriction préalable à la disposition de chaque sujet parlant.

J'aimerais, sur ce thème, rappeler une anecdote qui est si belle qu'on tremble qu'elle soit vraie. Elle ramène à une seule figure toutes les contraintes du discours : celles qui en limitent les pouvoirs, celles qui en maîtrisent les apparitions aléatoires, celles qui font sélection parmi les sujets parlants. Au début du xviie siècle, le shogûn avait entendu dire que la supériorité des Européens — en fait de navigation, de commerce, de politique, d'art militaire — était due à leur connaissance des mathématiques. Il désira s'emparer d'un savoir si précieux. Comme on lui avait parlé d'un marin anglais qui possédait le secret de ces discours merveilleux, il le fit venir dans son palais et l'y retint. Seul à seul avec lui, il prit des leçons. Il sut les mathématiques. Il garda, en effet, le pouvoir, et vécut très vieux. C'est au XIXe siècle qu'il y eut des mathématiciens japonais. Mais l'anecdote ne s'arrête pas là : elle a son versant européen. L'histoire veut en effet que ce marin anglais, Will Adams, ait été un autodidacte : un charpentier qui, pour avoir travaillé sur un chantier naval, avait appris la géométrie. Faut-il voir dans ce récit l'expression d'un des grands mythes de la culture européenne? Au savoir monopolisé et secret de la tyrannie orientale, l'Europe opposerait la communication universelle de la connaissance, l'échange indéfini et libre des discours.

Or ce thème, bien sûr, ne résiste pas à l'examen. L'échange et la communication sont des figures positives qui jouent à l'intérieur de systèmes complexes de restriction; et ils ne sauraient sans doute fonctionner indépendamment de ceux-ci. La forme la plus superficielle et la plus visible de ces systèmes de restriction est constituée par ce qu'on peut regrouper sous le nom de rituel; le rituel définit la qualification que doivent posséder les individus qui parlent (et qui, dans le jeu d'un dialogue, de l'interrogation, de la récitation, doivent occuper telle position et formuler tel type d'énoncés); il définit les gestes, les comportements, les circonstances, et tout l'ensemble de signes qui doivent accompagner le discours; il fixe enfin l'efficace supposée ou imposée des paroles, leur effet sur ceux auxquels elles s'adressent, les limites de leur valeur contraignante. Les discours religieux, judiciaires, thérapeutiques, et pour une part aussi politique ne sont guère dissociables de cette mise en œuvre d'un rituel qui détermine pour les sujets parlants à la fois des propriétés singulières et des rôles convenus.

D'un fonctionnement en partie différent sont les « sociétés de discours », qui ont pour fonction de conserver ou de produire des discours, mais pour les faire circuler dans un espace fermé, ne les distribuer que selon des règles strictes et sans que les détenteurs soient dépossédés

41

par cette distribution même. Un des modèles archaïques nous en est donné par ces groupes de rhapsodes qui possédaient la connaissance des poèmes à réciter, ou éventuellement à faire varier et à transformer; mais cette connaissance, bien qu'elle eût pour fin une récitation au demeurant rituelle, était protégée, défendue et conservée dans un groupe déterminé, par les exercices de mémoire, souvent fort complexes, qu'elle impliquait; l'apprentissage faisait entrer à la fois dans un groupe et dans un secret que la récitation manifestait mais ne divulguait pas; entre la parole et l'écoute les rôles n'étaient pas échangeables.

Bien sûr, il ne reste plus guère de pareilles « sociétés de discours », avec ce jeu ambigu du secret et de la divulgation. Mais qu'on ne s'y trompe pas; même dans l'ordre du discours vrai, même dans l'ordre du discours publié et libre de tout rituel, s'exercent encore des formes d'appropriation de secret et de non-interchangeabilité. Il se pourrait bien que l'acte d'écrire tel qu'il est institutionalisé aujourd'hui dans le livre, le système de l'édition et le personnage de l'écrivain, ait lieu dans une « société de discours » diffuse peut-être, mais contraignante à coup sûr. La différence de l'écrivain, sans cesse opposée par lui-même à l'activité de tout autre sujet parlant ou écrivant, le caractère intransitif qu'il prête à son discours, la singularité fondamentale qu'il accorde depuis longtemps déjà à l' « écriture », la dissymétrie affirmée entre la « création » et n'importe quelle mise en jeu du système linguistique, tout ceci manifeste dans la formulation (et tend d'ailleurs à reconduire dans le jeu des pratiques) l'existence d'une certaine « société de discours ». Mais il en existe encore bien d'autres, qui fonctionnent sur un tout autre mode selon un autre régime d'exclusives et de divulgation : qu'on songe au secret technique ou scientifique, qu'on songe aux formes de diffusion et de circulation du discours médical; qu'on songe à ceux qui se sont appropriés le discours économique ou politique.

Au premier regard, c'est l'inverse d'une « société de discours » que constituent les « doctrines » (religieuses, politiques, philosophiques) : là le nombre des individus parlants, même s'il n'était pas fixé, tendait à être limité; et c'est entre eux que le discours pouvait circuler et être transmis. La doctrine, au contraire, tend à se diffuser; et c'est par la mise en commun d'un seul et même ensemble de discours que des individus, aussi nombreux qu'on veut les imaginer, définissent leur appartenance réciproque. En apparence, la seule condition requise est la reconnaissance des mêmes vérités et l'acceptation d'une certaine règle — plus ou moins souple — de conformité avec les discours validés; si elles n'étaient que cela, les doctrines ne seraient point tellement différentes des disciplines scientifiques, et le contrôle discursif porterait seulement sur la forme ou le contenu de l'énoncé, non pas sur le sujet parlant. Or, l'appartenance doctrinale met en cause à la fois l'énoncé et le sujet parlant, et l'un à travers l'autre. Elle met en cause le sujet parlant à travers et à partir de l'énoncé, comme le prouvent les procédures d'exclusion et les mécanismes de rejet qui viennent jouer lorsqu'un sujet parlant a formulé un ou plusieurs énoncés inassimilables; l'hérésie et l'orthodoxie ne relèvent point d'une exagération fanatique des mécanismes doctrinaux; elles leur appartiennent fondamentalement. Mais inversement la doctrine met en cause les énoncés à partir des sujets parlants, dans la mesure ou la doctrine vaut toujours comme le signe, la manifestation et l'instrument d'une appartenance préalable — appartenance de classe, de statut social ou de race, de nationalité ou d'intérêt, de lutte, de révolte, de résistance, ou d'acceptation. La doctrine lie les individus à certains types d'énonciation et leur interdit par conséquent tous les autres; mais elle se sert, en retour, de certains types d'énonciation pour lier des individus entre eux, et les différencier par là même de tous les autres. La doctrine effectue un double assujettissement : des sujets parlants aux discours, et des discours au groupe, pour le moins virtuel, des individus parlants.

Enfin, à une échelle beaucoup plus large, il faut bien reconnaître de grands clivages dans ce qu'on pourrait appeler l'appropriation sociale des discours. L'éducation a beau être, de droit, l'instrument grâce auquel tout individu, dans une société comme la nôtre, peut avoir accès à n'importe quel type de discours, on sait bien qu'elle suit dans sa distribution, dans ce qu'elle permet et dans ce qu'elle empêche, les lignes qui sont marquées par les distances, les oppositions et les luttes sociales. Tout système d'éducation est une manière politique de maintenir ou de modifier l'appropriation des discours, avec les savoirs et les pouvoirs qu'ils emportent avec eux.

Je me rends bien compte qu'il est fort abstrait de séparer comme je viens de le faire les rituels de parole, les sociétés de discours, les groupes doctrinaux et les appropriations sociales. La plupart du temps, ils se lient les uns aux autres et constituent des sortes de grands édifices qui assurent la distribution des sujets parlants dans les différents types de discours et l'appropriation des discours à certaines catégories de sujets. Disons d'un mot que ce sont là les grandes procédures d'assujettissement du discours. Qu'est-ce, après tout, qu'un système d'enseignement, sinon une ritualisation de la parole; sinon une qualification et une fixation des rôles pour les sujets parlants; sinon la constitution d'un groupe doctrinal au moins diffus; sinon une distribution et une appropriation du discours avec ses pouvoirs et ses savoirs? Qu'est-ce que l' « écriture » (celle des « écrivains ») sinon un semblable système d'assujettissement, qui prend peut-être des formes un peu différentes, mais dont les grandes scansions sont analogues? Est-ce que le système judiciaire, est-ce que le système institutionnel de la médecine eux aussi, sous certains de leurs aspects au moins, ne constituent de pareils systèmes d'assujettissements du discours?

*

Je me demande si un certain nombre de thèmes de la philosophie ne sont pas venus répondre à ces jeux de limitations et d'exclusions, et, peut-être aussi, les renforcer.

Leur répondre d'abord, en proposant une vérité idéale comme loi du discours et une rationalité immanente comme principe de leur déroulement, en reconduisant aussi une éthique de la connaissance qui ne promet la vérité qu'au désir de la vérité elle-même et au seul pouvoir de la penser.

Les renforcer ensuite par une dénégation qui porte cette fois sur la réalité spécifique du discours en général.

Depuis que furent exclus les jeux et le commerce des sophistes, depuis qu'on a, avec plus ou moins de sûreté, muselé leurs paradoxes, il semble que la pensée occidentale ait veillé à ce que le discours ait le moins de place possible entre la pensée et la parole; il semble qu'elle ait veillé à ce que discourir apparaisse seulement comme un certain apport entre penser et parler; ce serait une pensée revêtue de ses signes et rendue visible par les mots, ou inversement ce seraient les structures mêmes de la langue mises en jeu et produisant un effet de sens.

Cette très ancienne élision de la réalité du discours dans la pensée philosophique a pris bien des formes au cours de l'histoire. On l'a retrouvée tout récemment sous l'aspect de plusieurs thèmes qui nous sont familiers.

Il se pourrait que le thème du sujet fondateur permette d'élider la réalité du discours. Le sujet fondateur, en effet, est chargé d'animer directement de ses visées les formes vides de la langue; c'est lui qui, traversant l'épaisseur ou l'inertie des choses vides, ressaisit, dans l'intuition, le sens qui s'y trouve déposé; c'est lui également qui, par-delà le temps, fonde des horizons de significations que l'histoire n'aura plus ensuite qu'à expliciter, et où les propositions, les sciences, les ensembles déductifs trouveront en fin de compte leur fondement. Dans son rapport au sens, le sujet fondateur dispose de signes, de marques, de traces, de lettres. Mais il n'a pas besoin pour les manifester de passer par l'instance singulière du discours.

Le thème qui fait face à celui-là, le thème de l'expérience originaire, joue un rôle analogue. Il suppose qu'au ras de l'expérience, avant même qu'elle ait pu se ressaisir dans la forme d'un *cogito*, des significations préalables, déjà dites

49

en quelque sorte, parcouraient le monde, le disposaient tout autour de nous et l'ouvraient d'entrée de jeu à une sorte de primitive reconnaissance. Ainsi une complicité première avec le monde fonderait pour nous la possibilité de parler de lui, en lui, de le désigner et de le nommer, de le juger et de le connaître finalement dans la forme de la vérité. Si discours il y a, que peut-il être alors, en sa légitimité, sinon une discrète lecture? Les choses murmurent déjà un sens que notre langage n'a plus qu'à faire lever; et ce langage, dès son plus rudimentaire projet, nous parlait déjà d'un être dont il est comme la nervure.

Le thème de l'universelle médiation est encore, je crois, une manière d'élider la réalité du discours. Et ceci malgré l'apparence. Car il semble, au premier regard, qu'à retrouver partout le mouvement d'un logos qui élève les singularités jusqu'au concept et qui permet à la conscience immédiate de déployer finalement toute la rationalité du monde, c'est bien le discours lui-même qu'on met au centre de la spéculation. Mais ce logos, à dire vrai, n'est en fait qu'un discours déjà tenu, ou plutôt ce sont les choses mêmes et les événements qui se font insensiblement discours en déployant le secret de leur propre essence. Le discours n'est guère plus que le miroitement d'une vérité en train de naître à ses propres yeux; et lorsque tout peut enfin prendre la forme du discours, lorsque tout peut se dire et que le discours peut se dire à propos de tout, c'est parce que toutes choses ayant manifesté et échangé leur sens peuvent rentrer dans l'intériorité silencieuse de la conscience de soi.

Que ce soit donc dans une philosophie du sujet fondateur, dans une philosophie de l'expérience originaire ou dans une philosophie de l'universelle médiation, le discours n'est rien de plus qu'un jeu, d'écriture dans le premier cas, de lecture dans le second, d'échange dans le troisième, et cet échange, cette lecture, cette écriture ne mettent jamais en jeu que les signes. Le discours s'annule ainsi, dans sa réalité, en se mettant à l'ordre du signifiant.

Quelle civilisation, en apparence, a été,

plus que la nôtre, respectueuse du discours? Où l'a-t-on mieux et plus honoré?
Où l'a-t-on, semble-t-il, plus radicalement
libéré de ses contraintes et universalisé? Or
il me semble que sous cette apparente véné-
ration du discours, sous cette apparente
logophilie, se cache une sorte de crainte.
Tout se passe comme si des interdits, des
barrages, des seuils et des limites avaient
été disposés de manière que soit maîtrisée,
au moins en partie, la grande prolifération
du discours, de manière que sa richesse
soit allégée de sa part la plus dangereuse
et que son désordre soit organisé selon des
figures qui esquivent le plus incontrô-
lable; tout se passe comme si on avait
voulu effacer jusqu'aux marques de son
irruption dans les jeux de la pensée et de
la langue. Il y a sans doute dans notre
société, et j'imagine dans toutes les autres,
mais selon un profil et des scansions différentes, une profonde logophobie, une
sorte de crainte sourde contre ces événements, contre cette masse de choses dites,
contre le surgissement de tous ces énoncés,
contre tout ce qu'il peut y avoir là de
violent, de discontinu, de batailleur, de

désordre aussi et de périlleux, contre ce grand bourdonnement incessant et désordonné du discours.

Et si on veut — je ne dis pas effacer cette crainte —, mais l'analyser dans ses conditions, son jeu et ses effets, il faut, je crois, se résoudre à trois décisions auxquelles notre pensée, aujourd'hui, résiste un peu et qui correspondent aux trois groupes de fonctions que je viens d'évoquer : remettre en question notre volonté de vérité; restituer au discours son caractère d'événement; lever enfin la souveraineté du signifiant.

*

Telles sont les tâches ou, plutôt, quelques-uns des thèmes, qui régissent le travail que je voudrais faire ici dans les années qui viennent. On peut repérer tout de suite certaines exigences de méthode qu'ils emportent avec eux.

Un principe de *renversement* d'abord : là où, selon la tradition, on croit reconnaître la source des discours, le principe de leur foisonnement et de leur continuité, dans ces figures qui semblent jouer un rôle positif, comme celle de l'auteur, de la discipline, de la volonté de vérité, il faut plutôt reconnaître le jeu négatif d'une découpe et d'une raréfaction du discours.

Mais, une fois repérés ces principes de raréfaction, une fois qu'on a cessé de les considérer comme instance fondamentale et créatrice, que découvre-t-on au-dessous d'eux? Faut-il admettre la plénitude virtuelle d'un monde de discours ininterrompus? C'est ici qu'il faut faire jouer d'autres principes de méthode.

Un principe de *discontinuité* : qu'il y ait des systèmes de raréfaction ne veut pas dire qu'au-dessous d'eux, ou au-delà d'eux, régnerait un grand discours illimité, continu et silencieux qui se trouverait, par eux, réprimé ou refoulé, et que nous aurions pour tâche de faire lever en lui restituant enfin la parole. Il ne faut pas imaginer, parcourant le monde et entrelaçant avec toutes ses formes et tous ses événements, un non dit ou un impensé, qu'il s'agirait d'articuler ou de penser enfin. Les discours doivent être traités comme des pratiques discontinues,

54

qui se croisent, se jouxtent parfois, mais aussi bien s'ignorent ou s'excluent.

Un principe de *spécificité :* ne pas résoudre le discours dans un jeu de significations préalables; ne pas s'imaginer que le monde tourne vers nous un visage lisible que nous n'aurions plus qu'à déchiffrer; il n'est pas complice de notre connaissance; il n'y a pas de providence prédiscursive qui le dispose en notre faveur. Il faut concevoir le discours comme une violence que nous faisons aux choses, en tout cas comme une pratique que nous leur imposons; et c'est dans cette pratique que les événements du discours trouvent le principe de leur régularité.

Quatrième règle, celle de l'*extériorité :* ne pas aller du discours vers son noyau intérieur et caché, vers le cœur d'une pensée ou d'une signification qui se manifesteraient en lui; mais, à partir du discours lui-même, de son apparition et de sa régularité, aller vers ses conditions externes de possibilité, vers ce qui donne lieu à la série aléatoire de ces événements et qui en fixe les bornes.

Quatre notions doivent donc servir de

principe régulateur à l'analyse : celle d'événement, celle de série, celle de régularité, celle de condition de possibilité. Elles s'opposent, on le voit, terme à terme : l'événement à la création, la série à l'unité, la régularité à l'originalité, et la condition de possibilité à la signification. Ces quatre dernières notions (signification, originalité, unité, création) ont, d'une manière assez générale, dominé l'histoire traditionnelle des idées, où, d'un commun accord, on cherchait le point de la création, l'unité d'une œuvre, d'une époque ou d'un thème, la marque de l'originalité individuelle, et le trésor indéfini des significations enfouies.

J'ajouterai seulement deux remarques. L'une concerne l'histoire. On met souvent au crédit de l'histoire contemporaine d'avoir levé les privilèges accordés jadis à l'événement singulier et d'avoir fait apparaître les structures de la longue durée. Certes. Je ne suis pas sûr pourtant que le travail des historiens se soit fait précisément dans cette direction. Ou plutôt je ne pense pas qu'il y ait comme une raison inverse entre le repérage de l'événement et l'analyse de la longue durée. Il semble, au contraire, que ce soit en resserrant à l'extrême le grain de l'événement, en poussant le pouvoir de résolution de l'analyse historique jusqu'aux mercuriales, aux actes notariés, aux registres de paroisse, aux archives portuaires suivis année par année, semaine par semaine, qu'on a vu se dessiner au-delà des batailles, des décrets, des dynasties ou des assemblées, des phénomènes massifs à portée séculaire ou pluriséculaire. L'histoire, telle qu'elle est pratiquée aujourd'hui, ne se détourne pas des événements; elle en élargit au contraire sans cesse le champ; elle en découvre sans cesse des couches nouvelles, plus superficielles ou plus profondes; elle en isole sans cesse de nouveaux ensembles où ils sont parfois nombreux, denses et interchangeables, parfois rares et décisifs : des variations quasi quotidiennes de prix on va aux inflations séculaires. Mais l'important, c'est que l'histoire ne considère pas un événement sans définir la série dont il fait partie, sans spécifier le mode d'analyse dont celle-ci relève, sans chercher à connaître la régularité des phénomènes et les limites de probabilité de leur émergence, sans s'interroger sur les variations, les inflexions et l'allure de la courbe, sans vouloir déterminer les conditions dont elles dépendent. Bien sûr, l'histoire depuis longtemps ne cherche plus à comprendre les événements par un jeu de causes et d'effets dans l'unité informe d'un grand devenir, vaguement homogène ou durement hiérarchisé; mais ce n'est pas pour retrouver des structures antérieures, étrangères, hostiles à l'événement. C'est pour établir les séries diverses, entrecroisées, divergentes souvent mais non autonomes, qui permettent de circonscrire le « lieu » de l'événement, les marges de son aléa, les conditions de son apparition.

Les notions fondamentales qui s'imposent maintenant ne sont plus celles de la conscience et de la continuité (avec les problèmes qui leur sont corrélatifs de la liberté et de la causalité), ce ne sont pas celles non plus du signe et de la structure. Ce sont celles de l'événement et de la série, avec le jeu des notions qui leur sont liées; régularité, aléa, discontinuité, dépendance, transformation; c'est par un tel ensemble que cette analyse des discours à laquelle je songe s'articule non point certes sur la thématique traditionnelle que les philosophes d'hier prennent encore pour l'histoire « vivante » mais sur le travail effectif des historiens.

Mais c'est par là aussi que cette analyse pose des problèmes philosophiques, ou théoriques, vraisemblablement redoutables. Si les discours doivent être traités d'abord comme des ensembles d'événements discursifs, quel statut faut-il donner à cette notion d'événement qui fut si rarement prise en considération par les philosophes? Bien sûr l'événement n'est ni substance ni accident, ni qualité ni processus; l'événement n'est pas de l'ordre des corps. Et pourtant il n'est point immatériel; c'est toujours au niveau de la matérialité qu'il prend effet, qu'il est effet; il a son lieu et il consiste dans la relation, la coexistence, la dispersion, le recoupement, l'accumulation, la sélection d'éléments matériels; il n'est point l'acte ni la propriété d'un corps; il se produit comme effet de et dans une dispersion matérielle.

Disons que la philosophie de l'événement devrait s'avancer dans la direction paradoxale au premier regard d'un matérialisme de l'incorporel.

D'autre part, si les événements discursifs doivent être traités selon des séries homogènes, mais discontinues les unes par rapport aux autres, quel statut faut-il donner à ce discontinu? Il ne s'agit, bien entendu, ni de la succession des instants du temps, ni de la pluralité des divers sujets pensants; il s'agit de césures qui brisent l'instant et dispersent le sujet en une pluralité de positions et de fonctions possibles. Une telle discontinuité frappe et invalide les plus petites unités traditionnellement reconnues ou les moins facilement contestées : l'instant et le sujet. Et, au-dessous d'eux, indépendamment d'eux, il faut concevoir entre ces séries discontinues des relations qui ne sont pas de l'ordre de la succession (ou de la simultanéité) dans une (ou plusieurs) conscience; il faut élaborer — en dehors des philosophies du sujet et du temps — une théorie des systématicités discontinues. Enfin, s'il est vrai que ces séries discursives et discontinues ont chacune, entre certaines limites, leur régularité, sans doute n'est-il plus possible d'établir entre les éléments qui les constituent des liens de causalité mécanique ou de nécessité idéale. Il faut accepter d'introduire l'aléa comme catégorie dans la production des événements. Là encore se fait sentir l'absence d'une théorie permettant de penser les rapports du hasard et de la pensée.

De sorte que le mince décalage qu'on se propose de mettre en œuvre dans l'histoire des idées et qui consiste à traiter, non pas des représentations qu'il peut y avoir derrière les discours, mais des discours comme des séries régulières et distinctes d'événements, ce mince décalage, je crains bien d'y reconnaître quelque chose comme une petite (et odieuse peut-être) machinerie qui permet d'introduire à la racine même de la pensée, le *hasard*, le *discontinu* et la *matérialité*. Triple péril qu'une certaine forme d'histoire essaie de conjurer en racontant le déroulement continu d'une nécessité idéale. Trois notions qui devraient permettre de lier à la

pratique des historiens l'histoire des systèmes de pensée. Trois directions que
devra suivre le travail de l'élaboration
théorique.

*

En suivant ces principes et en me réfé-
rant à cet horizon, les analyses que je me
propose de faire se disposent selon deux
ensembles. D'une part l'ensemble « critique », qui met en œuvre le principe de
renversement : essayer de cerner les formes
de l'exclusion, de la limitation, de l'appropriation dont je parlais tout à l'heure ;
montrer comment ils se sont formés,
pour répondre à quels besoins, comment
ils se sont modifiés et déplacés, quelle
contrainte ils ont effectivement exercée,
dans quelle mesure ils ont été tournés.
D'autre part l'ensemble « généalogique »
qui met en œuvre les trois autres principes : comment se sont formées, au travers, en dépit ou avec l'appui de ces
systèmes de contraintes, des séries de
discours ; quelle a été la norme spécifique de
chacune, et quelles ont été leurs conditions

d'apparition, de croissance, de variation.

L'ensemble critique d'abord. Un premier groupe d'analyses pourrait porter sur ce que j'ai désigné comme fonctions d'exclusion. Il m'est arrivé autrefois d'en étudier une et pour une période déterminée : il s'agissait du partage entre folie et raison à l'époque classique. Plus tard, on pourrait essayer d'analyser un système d'interdit de langage : celui qui concerne la sexualité depuis le xvie siècle jusqu'au xixe siècle; il s'agirait de voir non point sans doute comment il s'est progressivement et heureusement effacé; mais comment il s'est déplacé et réarticulé depuis une pratique de la confession où les conduites interdites étaient nommées, classées, hiérarchisées, et de la manière la plus explicite, jusqu'à l'apparition d'abord bien timide, bien retardée, de la thématique sexuelle dans la médecine et dans la psychiatrie du xixe siècle; ce ne sont là encore bien sûr que des repères un peu symboliques, mais on peut déjà parier que les scansions ne sont pas celles qu'on croit, et que les interdits n'ont pas toujours eu le lieu qu'on imagine.

Dans l'immédiat, c'est au troisième système d'exclusion que je voudrais m'attacher. Et je l'envisagerai de deux manières. D'une part, je voudrais essayer de repérer comment s'est fait, mais comment aussi fut répété, reconduit, déplacé ce choix de la vérité à l'intérieur duquel nous sommes pris mais que nous renouvelons sans cesse; je me placerai d'abord à l'époque de la sophistique et de son début avec Socrate ou du moins avec la philosophie platonicienne, pour voir comment le discours efficace, le discours rituel, le discours chargé de pouvoirs et de périls s'est ordonné peu à peu à un partage entre discours vrai et discours faux. Je me placerai ensuite au tournant du xvie et du xviie siècle, à l'époque où apparaît, en Angleterre surtout une science du regard, de l'observation, du constat, une certaine philosophie naturelle inséparable sans doute de la mise en place de nouvelles structures politiques, inséparable aussi de l'idéologie religieuse : nouvelle forme à coup sûr de la volonté de savoir. Enfin le troisième point de repère sera le début du xixe, avec les grands actes fondateurs de la science moderne, la formation d'une société industrielle et l'idéologie positiviste qui l'accompagne. Trois coupes dans la morphologie de notre volonté de savoir; trois étapes de notre philistinisme.

J'aimerais aussi reprendre la même question, mais sous un angle tout autre : mesurer l'effet d'un discours à prétention scientifique — discours médical, psychiatrique, discours sociologique aussi — sur cet ensemble de pratiques et de discours prescriptifs que constitue le système pénal. C'est l'étude des expertises psychiatriques et de leur rôle dans la pénalité qui servira de point de départ et de matériel de base à cette analyse.

C'est encore dans cette perspective critique mais à un autre niveau qu'on devrait faire l'analyse des procédures de limitation des discours, de celles parmi lesquelles j'ai désigné tout à l'heure le principe de l'auteur, celui du commentaire, celui de la discipline. On peut, dans cette perspective, envisager un certain nombre d'études. Je pense, par exemple, à une analyse qui porterait sur l'histoire de la médecine du xvie au xixe siècle; il s'agirait non pas tellement de repérer les découvertes faites ou les concepts mis en œuvre, mais de ressaisir, dans la construction du discours médical, mais aussi dans toute l'institution qui le supporte, le transmet, le renforce comment ont été mis en jeu le principe de l'auteur, celui du commentaire, celui de la discipline; chercher à savoir comment s'est exercé le principe du grand auteur : Hippocrate, Galien, bien sûr, mais aussi Paracelse, Sydenham ou Boerhaave; comment s'est exercée, et tard encore au xixe siècle, la pratique de l'aphorisme et du commentaire, comment lui fut substituée peu à peu la pratique du cas, du recueil de cas, de l'apprentissage clinique sur un cas concret; selon quel modèle enfin la médecine a cherché à se constituer comme discipline, s'appuyant d'abord sur l'histoire naturelle, ensuite sur l'anatomie et la biologie.

On pourrait aussi envisager la manière dont la critique et l'histoire littéraires au xviiie et au xixe siècle ont constitué le personnage de l'auteur et la figure de l'œuvre, en utilisant, en modifiant et déplaçant les procédés de l'exégèse religieuse, de la critique biblique, de l'hagiographie, des « vies » historiques ou légendaires, de l'autobiographie et des mémoires. Il faudra bien aussi, un jour, étudier le rôle que joue Freud dans le savoir psychanalytique, fort différent à coup sûr de celui de Newton en physique (et de tous les fondateurs de discipline), fort différent aussi de celui que peut jouer un auteur dans le champ du discours philosophique (fût-il comme Kant à l'origine d'une autre manière de philosopher).

Voilà donc quelques projets pour l'aspect critique de la tâche, pour l'analyse des instances du contrôle discursif. Quant à l'aspect généalogique, il concerne la formation effective des discours soit à l'intérieur des limites du contrôle, soit à l'extérieur, soit le plus souvent de part et d'autre de la délimitation. La critique analyse les processus de raréfaction, mais aussi de regroupement et d'unification des discours; la généalogie étudie leur formation à la fois dispersée, discontinue et régulière. A dire vrai, ces deux tâches ne sont jamais tout à fait séparables; il n'y a pas, d'une part, les formes du rejet, de l'exclusion, du regroupement ou de l'attribution; et puis, d'autre part, à un niveau plus profond, le jaillissement spontané des discours qui, aussitôt avant ou après leur manifestation, se trouvent soumis à la sélection et au contrôle. La formation régulière du discours peut intégrer, dans certaines conditions et jusqu'à un certain point, les procédures de contrôle (c'est ce qui se passe, par exemple, lorsqu'une discipline prend forme et statut de discours scientifique); et inversement les figures du contrôle peuvent prendre corps à l'intérieur d'une formation discursive (ainsi la critique littéraire comme discours constitutif de l'auteur) : si bien que toute tâche critique, mettant en question les instances du contrôle, doit bien analyser en même temps les régularités discursives à travers lesquelles elles se forment; et toute description généalogique doit prendre en compte les limites qui jouent dans les formations réelles. Entre l'entreprise critique et l'entreprise généalogique la différence n'est pas tellement d'objet ou de domaine, mais de point d'attaque, de perspective et de délimitation.

J'évoquais tout à l'heure une étude possible : celle des interdits qui frappent le discours de la sexualité. Il serait difficile et abstrait, en tout cas, de mener cette étude sans analyser en même temps les ensembles des discours, littéraires, religieux ou éthiques, biologiques et médicaux, juridiques également, où il est question de la sexualité, et où celle-ci se trouve nommée, décrite, métaphorisée, expliquée, jugée. Nous sommes très loin d'avoir constitué un discours unitaire et régulier de la sexualité; peut-être n'y parviendra-t-on jamais et peut-être n'est-ce pas dans cette direction que nous allons. Peu importe. Les interdits n'ont pas la même forme et ne jouent pas de la même façon dans le discours littéraire et dans celui de la médecine, dans celui de la psychiatrie ou dans celui de la direction de conscience. Et, inversement, ces différentes régularités discursives ne renforcent pas, ne contournent ou ne déplacent pas les interdits de la même façon. L'étude ne pourra donc se faire que selon des pluralités de séries où viennent jouer des interdits qui, pour une part au moins, sont différents en chacune.

On pourrait aussi considérer les séries de discours qui, au XVI$^e$ et au XVII$^e$ siècle, concernent la richesse et la pauvreté, la monnaie, la production, le commerce. On a affaire là à des ensembles d'énoncés fort hétérogènes, formulés par les riches et les pauvres, les savants et les ignorants, les protestants ou les catholiques, les officiers royaux, les commerçants ou les moralistes. Chacun a sa forme de régularité, ses systèmes également de contrainte. Aucun d'entre eux ne préfigure exactement cette autre forme de régularité discursive qui prendra l'allure d'une discipline et qui s'appellera « analyse des richesses », puis « économie politique ». C'est pourtant à partir d'eux qu'une nouvelle régularité s'est formée, reprenant ou excluant, justifiant ou écartant tels ou tels de leurs énoncés.

On peut aussi penser à une étude qui porterait sur les discours concernant l'hérédité, tels qu'on peut les trouver, répartis et dispersés jusqu'au début du XX$^e$ siècle à travers des disciplines, des observations, des techniques et des recettes diverses; il s'agirait alors de montrer par quel jeu d'articulation ces séries se sont en fin de compte recomposées dans la figure, épistémologiquement cohérente et reconnue par l'institution, de la génétique. C'est ce travail qui vient d'être fait par François Jacob avec un éclat et une science qu'on ne saurait égaler.

Ainsi doivent alterner, prendre appui les unes sur les autres et se compléter les descriptions critiques et les descriptions généalogiques. La part critique de l'analyse s'attache aux systèmes d'enveloppement du discours; elle essaie de repérer, de cerner ces principes d'ordonnancement, d'exclusion, de rareté du discours. Disons, pour jouer sur les mots, qu'elle pratique une désinvolture appliquée. La part généalogique de l'analyse s'attache en revanche aux séries de la formation effective du discours : elle essaie de le saisir dans son pouvoir d'affirmation, et j'entends par là non pas un pouvoir qui s'opposerait à celui de nier, mais le pouvoir de constituer des domaines d'objets, à propos desquels on pourra affirmer ou nier des propositions vraies ou fausses. Appelons positivités ces domaines d'objets; et disons, pour jouer une seconde fois sur les mots, que si le style critique, c'est celui de la désinvolture studieuse, l'humeur généalogique sera celle d'un positivisme heureux.

En tout cas, une chose au moins doit être soulignée : l'analyse du discours ainsi entendue ne dévoile pas l'universalité d'un sens, elle met au jour le jeu de la rareté imposée, avec un pouvoir fondamental d'affirmation. Rareté et affirmation, rareté, finalement, de l'affirmation et non point générosité continue du sens, et non point monarchie du signifiant.

Et maintenant que ceux qui ont des lacunes de vocabulaire disent — si ça leur chante mieux que ça ne leur parle — que c'est là du structuralisme.

*

Ces recherches dont j'ai tenté de vous présenter le dessin, je sais bien que je n'aurais pas pu les entreprendre si je n'avais eu pour m'aider des modèles et des appuis. Je crois que je dois beaucoup à M. Dumézil, puisque c'est lui qui m'a incité au travail à un âge où je croyais encore qu'écrire est un plaisir. Mais je dois beaucoup aussi à son œuvre; qu'il me pardonne si j'ai éloigné de leur sens ou détourné de leur rigueur ces textes qui sont les siens et qui nous dominent aujourd'hui; c'est lui qui m'a appris à analyser l'économie interne d'un discours tout autrement que par les méthodes de l'exégèse traditionnelle ou par celles du formalisme linguistique; c'est lui qui m'a appris à repérer d'un discours à l'autre, par le jeu des comparaisons, le système des corrélations fonctionnelles; c'est lui qui m'a appris comment décrire les transformations d'un discours et les rapports à l'institution. Si j'ai voulu appliquer une pareille méthode à de tout autres discours qu'à des récits légendaires ou mythiques, l'idée m'en est venue sans doute de ce que j'avais devant les yeux les travaux des historiens des sciences, et surtout de M. Canguilhem; c'est à lui que je dois d'avoir compris que l'histoire de la science n'est pas prise forcément dans l'alternative : chronique des découvertes, ou descriptions des idées et opinions qui bordent la science du côté de sa genèse indécise ou du côté de ses retombées extérieures; mais qu'on pouvait, qu'on devait, faire l'histoire de la science comme d'un ensemble à la fois cohérent et transformable de modèles théoriques et d'instruments conceptuels.

Mais je pense que ma dette, pour une très large part, va à Jean Hyppolite. Je sais bien que son œuvre est placée, aux yeux de beaucoup, sous le règne de Hegel, et que toute notre époque, que ce soit par la logique ou par l'épistémologie, que ce soit par Marx ou par Nietzsche, essaie d'échapper à Hegel : et ce que j'ai essayé de dire tout à l'heure à propos du discours est bien infidèle au logos hégélien.

Mais échapper réellement à Hegel suppose d'apprécier exactement ce qu'il en coûte de se détacher de lui; cela suppose de savoir jusqu'où Hegel, insidieusement peut-être, s'est approché de nous; cela suppose de savoir, dans ce qui nous permet de penser contre Hegel, ce qui est encore hégélien; et de mesurer en quoi notre recours contre lui est encore peut-être une ruse qu'il nous oppose et au terme de laquelle il nous attend, immobile et ailleurs.

Or, si nous sommes plus d'un à être en dette à l'égard de J. Hyppolite, c'est qu'infatigablement il a parcouru pour nous et avant nous ce chemin par lequel on s'écarte de Hegel, on prend distance, et par lequel on se trouve ramené à lui mais autrement, puis contraint à le quitter à nouveau.

D'abord J. Hyppolite avait pris soin de donner une présence à cette grande ombre un peu fantomatique de Hegel qui rôdait depuis le XIXᵉ siècle et avec laquelle obscurément on se battait. C'est par une traduction, celle de la *Phénoménologie de l'esprit*, qu'il avait donné à Hegel cette présence; et que Hegel lui-même est bien présent en ce texte français, la preuve en est qu'il est arrivé aux Allemands de le consulter pour mieux comprendre ce qui, un instant au moins, en devenait la version allemande.

Or de ce texte, J. Hyppolite a cherché et a parcouru toutes les issues, comme si son inquiétude était : peut-on encore philosopher là où Hegel n'est plus possible? Une philosophie peut-elle encore exister et qui ne soit plus hégélienne? Ce qui est non hégélien dans notre pensée est-il nécessairement non philosophique? Et ce qui est antiphilosophique est-il forcément non hégélien? Si bien que cette présence de Hegel qu'il nous avait donnée, il ne cherchait pas à en faire seulement la description historique et méticuleuse : il voulait en faire un schéma d'expérience de la modernité (est-il possible de penser sur le mode hégélien les sciences, l'histoire, la politique et la souffrance de tous les jours?), et il voulait faire inversement de notre modernité l'épreuve de l'hégélianisme et, par là, de la philosophie. Pour lui le rapport à Hegel, c'était le lieu d'une expérience, d'un affrontement où il n'était jamais certain que la philosophie sorte vainqueur. Il ne se servait point du système hégélien comme d'un univers rassurant; il y voyait le risque extrême pris par la philosophie.

De là, je crois, les déplacements qu'il a opérés, je ne dis pas à l'intérieur de la philosophie hégélienne, mais sur elle, et sur la philosophie telle que Hegel la concevait; de là aussi toute une inversion de thèmes. La philosophie, au lieu de la concevoir comme la totalité enfin capable de se penser et de se ressaisir dans le mouvement du concept, J. Hyppolite en faisait sur fond d'un horizon infini, une tâche sans terme : toujours levée tôt, sa philosophie n'était point prête de s'achever jamais. Tâche sans terme, donc tâche toujours recommencée, vouée à la forme et au paradoxe de la répétition : la philosophie, comme pensée inaccessible de la totalité, c'était pour J. Hyppolite ce qu'il pouvait y avoir de répétable dans l'extrême irrégularité de l'expérience; c'était ce qui se donne et se dérobe comme question sans cesse reprise dans la vie, dans la mort, dans la mémoire : ainsi le thème hégélien de l'achèvement sur la conscience de soi, il le transformait en un thème de l'interrogation répétitive. Mais, puisqu'elle était répétition, la philosophie n'était pas ultérieure au concept; elle n'avait pas à poursuivre l'édifice de l'abstraction, elle devait toujours se tenir en retrait, rompre avec ses généralités acquises et se remettre au contact de la non-philosophie; elle devait s'approcher, au plus près, non de ce qui l'achève, mais de ce qui la précède, de ce qui n'est pas encore éveillé à son inquiétude; elle devait reprendre pour les penser, non pour les réduire, la singularité de l'histoire, les rationalités régionales de la science, la profondeur de la mémoire dans la conscience; apparaît ainsi le thème d'une philosophie présente, inquiète, mobile tout au long de sa ligne de contact avec la non-philosophie, n'existant que par elle pourtant et révélant le sens que cette non-philosophie a pour nous. Or, si elle est dans ce contact répété avec la non-philosophie, qu'est-ce que le commencement de la philosophie? Est-elle déjà là, secrètement présente dans ce qui n'est pas elle, commençant à se formuler à mi-voix dans le murmure des choses? Mais, dès lors, le discours philosophique n'a peut-être plus de raison d'être; ou bien doit-elle commencer sur une fondation à la fois arbitraire et absolue? On voit ainsi se substituer au thème hégélien du mouvement propre à l'immédiat celui du fondement du discours philosophique et de sa structure formelle.

Enfin, dernier déplacement, que J. Hyppolite a opéré sur la philosophie hégélienne : si la philosophie doit bien commencer comme discours absolu, qu'en est-il de l'histoire et qu'est-ce que ce commencement qui commence avec un individu singulier, dans une société, dans une classe sociale, et au milieu des luttes?

Ces cinq déplacements, en conduisant au bord extrême de la philosophie hégélienne, en la faisant sans doute passer de l'autre côté de ses propres limites, convoquent tour à tour les grandes figures majeures de la philosophie moderne que Jean Hyppolite n'a pas cessé d'affronter à Hegel : Marx avec les questions de l'histoire, Fichte avec le problème du commencement absolu de la philosophie, Bergson avec le thème du contact avec le non-philosophique, Kierkegaard avec le problème de la répétition et de la vérité, Husserl avec le thème de la philosophie comme tâche infinie liée à l'histoire de notre rationalité. Et, au-delà de ces figures philosophiques, on aperçoit tous les domaines de savoir que J. Hyppolite invoquait autour de ses propres questions : la psychanalyse avec l'étrange logique du désir, les mathématiques et la formalisation du discours, la théorie de l'information et sa mise en application dans l'analyse du vivant, bref tous les domaines à partir desquels on peut poser la question d'une logique et d'une existence qui ne cessent de nouer et de dénouer leurs liens.

Je pense que cette œuvre, articulée dans quelques livres majeurs, mais investie plus encore dans des recherches, dans un enseignement, dans une perpétuelle attention, dans un éveil et une générosité de tous les jours, dans une responsabilité apparemment administrative et pédagogique (c'est-à-dire en réalité doublement politique), a croisé, a formulé les problèmes les plus fondamentaux de notre époque. Nous sommes nombreux à lui être infiniment redevables.

C'est parce que je lui ai emprunté sans doute le sens et la possibilité de ce que je fais, c'est parce que bien souvent il m'a éclairé quand j'essayais à l'aveugle, que j'ai voulu mettre mon travail sous son signe et que j'ai tenu à terminer, en l'évoquant, la présentation de mes projets. C'est vers lui, vers ce manque — où j'éprouve à la fois son absence et mon propre défaut — que se croisent les questions que je me pose maintenant.

Puisque je lui dois tant, je comprends bien que le choix que vous avez fait en m'invitant à enseigner ici est, pour une bonne part, un hommage que vous lui avez rendu; je vous suis reconnaissant, profondément, de l'honneur que vous m'avez fait, mais je ne vous suis pas moins reconnaissant, pour ce qui lui revient dans ce choix. Si je ne me sens pas égal à la tâche de lui succéder, je sais, en revanche, que, si ce bonheur avait pu nous être donné, j'aurais été, ce soir, encouragé par son indulgence.

Et je comprends mieux pourquoi j'éprouvais tant de difficulté à commencer tout à l'heure. Je sais bien maintenant quelle est la voix dont j'aurais voulu qu'elle me précède, qu'elle me porte, qu'elle m'invite à parler et qu'elle se loge dans mon propre discours. Je sais ce qu'il y avait de si redoutable à prendre la parole, puisque je la prenais en ce lieu d'où je l'ai écouté, et où il n'est plus, lui, pour m'entendre.

# DU MÊME AUTEUR

*Composé et achevé d'imprimer*
*par l'Imprimerie Floch*
*à Mayenne, le 2 février 1989.*
*Dépôt légal : février 1989.*
*1er dépôt légal : mars 1971.*
*Numéro d'imprimeur : 27650.*

ISBN 2-07-027774-7 / Imprimé en France.